AF329258

GABRIELLE D'ESTRÉES

A HENRI IV,

HÉROÏDE

Dédiée à Monsieur de VOLTAIRE.

La main de la Nature
De ses aimables dons la combla sans mesure.
Henr. Chant I X.

Par l'Auteur de SAPHO & de BIBLIS.

AU CHASTEAU D'ANET.

M. DCC. LXI.

AVERTISSEMENT.

RIEN de plus intéressant que le sujet de cette Héroïde : c'est l'éloge d'un Roi, dont la mémoire est encore si chere à la France. La derniere fois qu'il a été permis d'entrer dans les caves de St Denis, on a remarqué que personne ne s'approchoit du cercueil de Henri IV qu'avec un respect mêlé d'attendrissement. J'ai connu même des Etrangers qui m'ont avoué qu'en passant sur le Pont-Neuf, ils étoient tentés de se prosterner devant la statue de ce Roi. Louis XIII (dit l'Auteur de l'Essai sur l'Histoire universelle) fut surnommé *le Juste*, parce qu'il étoit né sous le signe de la Balance. Henri IV fut surnommé *le Grand*, à cause de sa valeur, & sur-tout à cause de son caractere de clémence & de bonté.

Quoique la grandeur des Rois paroiſſe annoblir juſqu'à leur foibleſſe, je n'aurois point attiré l'attention, ſi je n'avois peint Gabrielle d'Eſtrées que comme la Maîtreſſe d'un Roi uniquement occupée de ſes amours ; mais une femme qui, témoin d'un régne auſſi barbare que celui de Charles IX, ſe rappelle au lit de la mort toutes les horreurs qu'elle a vues, & y oppoſe les actions généreuſes de Henri IV, n'a t'elle pas droit d'intéreſſer le cœur de tout François ? On me reprochera peut‑être quelques anacroniſmes ; mais je n'ai rien à répondre, ſinon que j'écris en vers, & que la vraiſemblance eſt la ſeule vérité des Poëtes ; & la difficulté de rendre tous ces récits vraiſemblables, me donne des droits ſur l'indulgence des Lecteurs.

Je me flatte qu'on me fera la grace de croire que je n'ai aucun deſſein de faire rejaillir ſur les Eccléſiaſtiques de nos jours, les reproches que fait Gabrielle d'Eſtrées a ceux du ſeiziéme ſiécle. Se pourroit-il que, ſous un régne où ils ſont les ſujets les plus fidéles & les citoyens les plus paiſibles, je les ſoupçonnaſſe capables des horreurs qu'ils ſont eux-mêmes les premiers à combattre. Graces au Ciel, les Prêtres & le Peuple ſont changés.

Le ſuccès des Héroïdes de *Sapho* & de *Biblis*, me fait eſpérer que celle que je préſente aujourd'hui ne ſera pas reçue moins favorablement du Public. On a applaudi au choix des ſujets. J'oſe croire celui-ci auſſi heureux que les autres.

En adreſſant à M. de Voltaire l'Epître qui précéde cette Héroïde, je n'ai point prétendu mendier le ſuffrage de ce grand homme. Mon deſſein n'a été que de rendre hommage à celui de tous les Ecrivains qui, par l'univerſalité de ſes talens, fait ſans contredit le plus d'honneur aux Lettres. J'aurois defiré que cet hommage fût plus digne de lui. N'eft-il pas jufte, après tout, de dédier un Ouvrage, où il eft queftion de Henri IV, au génie fameux qui, par le feul Poëme que la France avoue, a immortalifé les vertus de ce grand Roi.

ÉPITRE

A M. DE VOLTAIRE.

O toi, dont le brillant génie,
Près de Corneille & de Milton,
Tient le sceptre de l'harmonie,
Et vole aux cieux avec Newton;
Folâtre & sage Anachorete,
Qui, sur le plus aimable ton,
Fais revivre dans ta retraite
Chaulieu, Démocrite & Platon;
Ami des Rois, amant des Graces,
Permets que, de ta gloire épris,
J'ose célébrer sur tes traces
Le plus fameux de nos Henris.
De la sensible Gabrielle
Tu chantas les premiers plaisirs;
Protége-la, sois-lui fidéle
Jusques à ses derniers soupirs.
Ton esprit, toujours sûr de plaire,
Sublime & plaisant tour à tour,
Semblable au feu du Dieu du jour,
Et nous échauffe & nous éclaire.

Heureux, qui loin de ce féjour,
Loin des orages de la Cour,
Et loin des griffes de l'envie,
Comme toi reffent chaque jour
L'ivreffe de la poéfie
Avec l'ivreffe de l'amour !

Ainfi que le divin Homere,
Au plus haut du Pinde monté,
De ton génie illimité
Tu fais parler l'Europe entiere ;
Mais de la trifte humanité,
Ce Chantre heureux n'a point été,
Ainfi que toi, le tendre pere.
Ah ! plaignons un fou ftudieux,
Dont l'ame fenfible & volage
S'exhale en fons mélodieux,
Et qui, par un vain étalage,
Peint toujours la fageffe au mieux,
Et n'en devient jamais plus fage :
On doit agir comme les Dieux,
Quand on fait parler leur langage.

Si le Deftin m'avoit fait Roi,
Que mon plaifir feroit extrême
De faire affeoir au rang fuprême
Un Philofophe comme toi !
Mais que t'importe la chimere
De ces brillans & vains honneurs ?

Paris

Paris a cent mille Seigneurs,
Et l'Europe n'a qu'un Voltaire.

Guide mon vol audacieux,
Et des rives de l'Hipocrene
Porte mon char au haut des cieux :
Ma Muſe a beſoin d'un Mécene.
Le jeune lierre, ſans appui,
Triſtement rampe ſur l'arene ;
Mais, ſoutenu par un vieux chêne,
Le lierre aux cieux monte avec lui.
Pour toi, dans les routes divines
Des beaux jardins du Dieu des vers,
Les roſes naiſſent ſans épines,
Et les lauriers ſont toujours verds.
Pour moi, dès qu'un eſpoir funeſte
Me fait approcher de ces lieux,
La roſe fuit, l'épine reſte,
Et le laurier ſéche à mes yeux.

Il eſt vrai que, dès mon aurore,
Richelieu ſourit à mes ſons,
Et que ſouvent Bernis encore
Daigne applaudir à mes chanſons :
Enflamé par de tels ſuffrages,
Quelquefois je m'éleve un peu,
Et fais briller dans mes ouvrages
Une étincelle de ton feu.

Tu me compareras peut-être
A ce Disciple extravagant
Qui, pour parler avec son Maître,
S'imagine être aussi savant.
Ma Muse, qui peu s'en impose,
Sait trop le prix de tes travaux;
Mais, VOLTAIRE, juge ma cause:
Peut-on sentir ce que tu vaux,
Et ne pas valoir quelque chose?

GABRIELLE D'ESTRÉES A HENRI IV,

HÉROÏDE.

DANS ce calme effrayant (1) où la douleur moins vive
Retient chez les vivans mon ame fugitive,
Où, suspendu sur moi, le glaive de la mort
S'apprête à terminer mes tourmens & mon sort,
Où, de ce Dieu vengeur, que je crains & que j'aime,
J'attens, en frémissant, la Sentence suprême,
Il m'est encor permis de tracer à tes yeux
Mes derniers sentimens & mes derniers adieux.

Tu sais combien l'amour, égarant ma foiblesse,
Dans de folles erreurs a plongé ma jeunesse:
Tu sais combien de fois, armé de vains efforts,
Mon cœur, prêt à se rendre, étouffa ses transports.

(1) Pendant que Henri IV étoit à Fontainebleau, Gabrielle d'Estrées fût attaquée deux fois en quatre jours d'apopléxie dont elle mourut à Paris. C'est dans l'intervalle de ces deux attaques, qu'elle est supposée écrire cette Epître.

B ij

Je réſiſtai long-temps ; mais ce jour favorable,
De clémence & de gloire (2) exemple mémorable,
Ce jour où contre toi tes Peuples révoltés,
Défiant ton courage, & bravant tes bontés,
Se laiſſoient conſumer par la faim dévorante,
Où, ſenſible aux clameurs d'une Ville expirante,
Tu voulus de ton Peuple oublier les forfaits,
Où Paris étonné vécut de tes bienfaits,
Ce triomphe, où ſi grand tu parus ſi modeſte,
Vint à mon foible cœur tendre un piége funeſte.
Hélas ! je vis ce cœur ſans ceſſe combattu,
Inflexible à tes feux, ſe rendre à ta vertu.
Qui pourroit réſiſter à de ſi nobles charmes ?
Paris te couronna, je te rendis les armes ;
Et ta clémence enfin, utile à tes projets,
Te fis vaincre en un jour mon cœur & tes Sujets.

Oui, ce fatal inſtant, marqué par ma foibleſſe,
Dans mon eſprit confus ſe retrace ſans ceſſe ;
Sans ceſſe le plaiſir, repouſſant le remord,
Vient mêler ſes attraits aux horreurs de la mort.
Je crois encor te voir : je crois encore entendre
Les ſons de cette voix ſi flateuſe & ſi tendre.
Je revois ces boſquets, ce dangereux ſéjour (3)
Formé par la nature, embelli par l'amour,
Où le ſoufle léger du jeune amant de Flore,
Oppoſe aux feux du jour la fraîcheur de l'aurore ;
Où l'art induſtrieux fait briller à la fois
Le luxe des plaiſirs, & le faſte des Rois ;

(2) La réduction de Paris : cette Ville périſſoit par la famine ;
Henri IV qui l'aſſiégeoit, fut attendri de ſon ſort, & la ſecourut.
Les Pariſiens touchés de cette généroſité, tomberent aux pieds de
Henri IV, & ſe rendirent.

(3) Anet.

Où sur un lit de fleurs, au sein de l'opulence,
La molesse s'endort dans les bras du silence.
Je t'appelle... ta voix répond à mes accens :
Les flammes de l'amour embrasent tous mes sens :
Je ne me connois plus ; je brûle, je-frissonne,
Je succombe, à tes feux, amour, je m'abandonne.

Quelle coupable erreur vient encor me tromper !
Ah ! peignons-nous plutôt la mort prête à frapper :
Déja je l'aperçois , déja ma tombe s'ouvre,
Et l'abîme éternel à mes yeux se découvre.
Quelle affreuse clarté luit au milieu des airs !
Qui brise sous mes pas les portes des enfers ?
Ciel, quels feux dévorans!...Que de cris!...Gabrielle...
Quelle terrible voix sous ces voûtes m'apelle !
Je te vois, ô mon Juge, & de ton Tribunal
J'entends avec effroi sortir l'Arrêt fatal.
Dans quel goufre enflammé ta Justice éternelle
Entraîne des humains la foule criminelle !
Un instant de foiblesse & les plus grands forfaits
Sont-ils aux mêmes maux condamnés pour jamais ?
Dans ta clémence encor, grand Dieu, mon ame espere :
Qui créa les humains, n'en est-il plus le pere ?

Eh quoi ! tous ces plaisirs si doux, si pleins d'attraits,
Précédés de la crainte, & suivis des regrets,
Ne laissent dans nos cœurs qu'une tristesse amere.
Du bonheur qui nous fuit voilà donc la chimere !
Dieu terrible, eh quels sont vos prétendus bienfaits ?
Ne nous donnez-vous donc que des biens imparfaits ?
A mes pleurs, à mes cris seriez-vous inflexible ?
Puniriez-vous mon cœur d'avoir été sensible ?
Est-on si criminel, en aimant à la fois
Le plus grand des humains, & le meilleur des Rois ?

Oui, de votre bonté mon amant est l'image :
Hélas ! aimer Bourbon, c'est aimer votre ouvrage.
N'est-ce pas vous, grand Dieu, dont le bras tout-puissant,
Deux fois sauvant ses jours (4) du glaive menaçant,
Le conduisit vainqueur au trône de ses peres ?
Par vous sa foi, soumise au joug de nos Mysteres,
Des enfans de Calvin abandonna l'erreur,
Et la grace des Cieux descendit dans son cœur.

    Cher amant, cher objet de ma foiblesse extrême,
Tu vois, par mes combats, à quel excès je t'aime.
Si d'une égale ardeur tu fus jamais épris,
J'ose de mon amour te demander le prix.
Ce n'est pas qu'en secret, d'un vain titre jalouse,
Je veuille m'élever au rang de ton épouse,
Ni qu'admise au Conseil, ou réglant le Sénat,
J'aspire à gouverner les renes de l'Etat :
Dans la nuit du tombeau prête enfin à descendre,
D'Estrée à tes grandeurs n'a plus rien à prétendre :
Mais si ma voix, souvent propice aux malheureux,
En te peignant leurs maux, t'intéressa pour eux,
Si je puis espérer que, pour grace derniere,
Tu prêteras encor l'oreille à ma priere,
Sur mes tristes enfans (5) daigne tourner les yeux :
Vois de nos tendres cœurs ces gages précieux,
Que la Nature avoue, & que la Loi rejette,
Formés du sang des Rois au sein de ta sujette.

(4) Henri IV avoit manqué deux fois d'être assassiné par Barriere & Chastel. Ce fut dans la chambre de Gabrielle d'Estrées, que le dernier de ces deux scélérats s'introduisit, pour commettre ce parricide.

(5) Henri IV fit Gabrielle d'Estrées Duchesse de Beaufort ; il lui promit de l'épouser & de légitimer ses enfans ; il étoit même prêt à exécuter ce dessein, lorsqu'elle mourut : il eut d'elle deux fils &

Ces innocens vers toi levent leurs foibles mains;
Daigne les adopter, veille sur leurs destins.
Verras-tu tes enfans, rebuts de la fortune,
Traîner dans les affronts une vie importune ?
Verras-tu sans pitié des Princes de ton Sang,
Dans la foule inconnus ramper au dernier rang ?
Peux-tu, les punissant des fautes de leur mere,
Les priver du plaisir de connoître leur pere ?
Je ne demande point que, placés après toi,
Ils écartent du trône un légitime Roi;
Funeste ambition, injustice cruelle,
Non, vous ne régnez point au cœur de Gabrielle :
Je veux que mes enfans, auprès de toi nourris,
Au sentier des vertus suivent tes pas chéris ;
Qu'ils sachent qu'en tout tems, fideles à leurs Maîtres (6),
La France au champ de Mars vit périr mes ancêtres;
Et qu'ils puissent, comme eux, dédaignant le repos,
S'ils ne sont pas des Rois, être un jour des Héros.
Voilà tous mes desseins : c'est à toi d'y souscrire :
Je mourrai sans regret ; mais avant que j'expire,
Permets que, poursuivant un si cher entretien,
Mon cœur en liberté s'épanche dans le tien.
Sur un songe trompeur, que le hasard fit naître,
Mon esprit vainement s'épouvante peut-être ;
Peut-être aussi le Ciel, qui veut t'en garantir,
Par moi seule aujourd'hui te le fait pressentir :
Enfin, soit que ma crainte, injustement fondée,
De cet affreux objet me remplisse l'idée,

une fille, César, Duc de Vendôme ; Alexandre, Grand Prieur de
France, mort prisonnier d'Etat ; & Henriette qui fut mariée à
Charles de Lorraine, Duc d'Elbeuf.

(6) Gabrielle d'Estrées, d'une ancienne Maison de Picardie, étoit
fille & petite fille d'un grand Maître d'Artillerie. *Henr.* Chant IX.

Soit que, pendant la nuit, le tableau du passé
De mon esprit confus ne soit point effacé,
A peine du sommeil la faveur passagere
Vient suspendre mes maux, & fermer ma paupiere;
Qu'à mes yeux effrayés un spectre menaçant
Sort du fond de la tombe avec un cri perçant:
Un sceptre est à ses pieds: la mort, qui l'environne,
De ses voiles affreux enveloppe le trône.
Que vois-je, m'écriai-je! Ah! Valois, est-ce vous?
» Oui, c'est moi, me dit-il, qui tombai sous les coups
» D'un Peuple qu'un faux zele a conduit dans le crime:
» Grand Dieu, fais que j'en sois la derniere victime.
Le spectre fuit; tout change; & mon œil étonné,
De tes nombreux sujets te trouve environné;
Mais tandis qu'enivrés de tendresse & de joie,
Tous les cœurs au plaisir s'abandonnent en proie,
Soudain, armé d'un fer, un monstre furieux
Vient, vole, approche, frappe... & tout fuit à mes yeux.
De la ligue, en un mot, crains l'hydre menaçante:
Dans l'ombre de la nuit sa tête renaissante
Se cache, en méditant des projets pleins d'horreur:
Son repos est à craindre autant que sa fureur.
Ecarte loin de toi ces Moines politiques,
Qui, sous un front timide esclaves despotiques,
Fameux dans l'art de feindre, & prêts à tout oser,
Ne rampent près des Rois que pour les maîtriser.
Crains qu'un autre Clément, du sein de la poussiere,
Ne puisse quelque jour de sa main meurtriere,
Croyant venger l'Eglise, & méprisant ses loix,
Te joindre dans la tombe au dernier des Valois.

Hé quoi, me diras-tu, ce Peuple que j'adore,
Quand je le rends heureux, voudroit me perdre encore!

Si

Si Bourbon autrefois s'est armé contre lui,
Bourbon par les bienfaits veut le vaincre aujourd'hui.
Le François pour moi seul sera-t-il inflexible ?
Oui, je sais que ce Peuple est né brave & sensible,
Que son cœur aisément se laisse désarmer,
Et que par la clémence on peut s'en faire aimer.
Mais ne sais-tu donc pas jusqu'où le fanatisme
Sur l'esprit des humains étend son despotisme ?
Peins-toi ce jour affreux, à l'horreur consacré (7),
Vois parmi les mourans Coligny massacré :
C'est là que, sous les coups & la haine de Rome,
Trainé dans la poussiere, expira ce grand homme.
Entends-tu ces clameurs, ces lamentables cris ?
Vois le sang à grands flots ruisseler dans Paris ;
Reconnois à ces traits, dont frémit la nature,
De nos Prêtres cruels la funeste imposture.

    O Peuple trop crédule ! ô François généreux !
Quel Prince peut jamais vous rendre plus heureux ?
Qui parmi les humains fut plus digne de vivre ?
Hélas ! où courez-vous ? quelle ardeur vous enivre ?
Quoi, le meilleur des Rois tomberoit sous vos coups !
Barbares... arrêtez... ô Ciel ! que faites-vous ?
Arrêtez... Si le meurtre a pour vous tant de charmes,
Tournez contre mon sein vos parricides armes ;
Baignez-vous dans mon sang, frappez, déchirez-moi,
Frappez... mais respectez les jours de vôtre Roi...
Mais que dis-je ? ô François, vous sentez mes alarmes ;
De vos yeux attendris je vois couler des larmes :
Vous frémissez, vos sens sont saisis de terreur :
Pour commettre ce crime, il vous fait trop horreur :
Non, vous ne portez point des cœurs aussi coupables ;
D'un si noir attentat vous n'êtes point capables.

(7) Le massacre de la St Barthélemi.

C

Peuple, que dans vos cœurs ce Roi vive à jamais!
Songez à votre amour, songez à ses bienfaits.

Ne crains rien, cher amant : va, crois-moi, la nature
N'enfante point trois fois un cœur assez parjure,
Un monstre assez cruel pour tramer ce dessein.
Qui d'un Prince si bon voudroit percer le sein?
Henri, t'en souviens-tu? Quand la Parque en furie (8)
S'apprêtoit à couper la trame de ta vie,
Hélas! tout le fardeau du céleste courroux
Parut en ces momens s'appesantir sur nous.
De quels cris douloureux nos Temples retentirent!
Tout s'émût, tout trembla, tous les cœurs s'attendrirent;
Mais tout changea bientôt, quand, vainqueur du trepas,
Tu vis l'abime affreux refermé sous tes pas.
Quels doux emportemens! la France avec son Maître
Des portes du tombeau sembloit aussi renaître :
Tu parus, & chacun voulut revoir son Roi :
Tout un Peuple, en pleurant, voloit autour de toi.
Hélas, sa douleur seule égala son ivresse!
Quel Peuple pour son Roi montra plus de tendresse!
Par de nouveaux bienfaits resserre ce lien :
Poursuis; que son bonheur soit à jamais le tien ;
Que, parmi les Héros de ta race immortelle,
Louis douze (9) à ton cœur serve en tout de modele ;
Qu'écrit en lettres d'or dans les fastes des Cieux,
Son régne pour jamais soit présent à tes yeux!
Des flatteurs, comme lui, redoute l'artifice ;
Que près de toi la paix marche avec la justice ;
Sous le poids accablant des subsides affreux,
Hélas, n'écrase point tes Peuples malheureux ;

(8) Henri IV tomba malade, & toute la France trembla pour
ses jours.

(9) Louis XII surnommé le pere du Peuple.

Que dans tous tes conseils la sagesse préside ;
Qu'en ton ame toujours l'humanité réside.
Que dis-je, cher amant, excuse mon erreur :
Quelle est donc la vertu qui n'est point dans ton cœur ?
Hélas ! je m'en souviens, quand, déployant ses aîles,
La mort couvroit Paris de ses ombres cruelles ;
Quand, tout souillé de sang, un Peuple factieux
Sur des morts entassés croyoit monter aux Cieux ;
Quand, le Christ à la main, nos Prêtres sanguinaires
Excitoient les enfans à massacrer leurs peres :
» O Paris, disois-tu, les yeux baignés de pleurs,
» Je ne puis à présent que plaindre tes malheurs ;
» Mais si jamais le Ciel (10) trompant mon espérance,
» Fait tomber dans mes mains le sceptre de la France,
» Si du Maître des Rois l'immortelle clarté
» Fait du sein de l'erreur sortir la vérité,
» Peuple que je chéris, ô François, ô mes freres,
» Qu'avec plaisir ma main finira vos miseres !
» Ah, combien votre sang me sera précieux !
» Vous que l'erreur conduit, Prêtres séditieux,
» Coupables Protestans, Catholiques rebelles,
» Sous un Roi réunis vous seriez tous fideles.
» Dans les utiles jours d'une éternelle paix,
» J'enchainerai vos cœurs par le nœud des bienfaits.

   Barbares Partisans des maximes iniques,
O vous Rois orgueilleux, vous Princes tyranniques,
Qui, signalant vos jours par de sanglans projets,
Sous un sceptre de fer accablez vos Sujets,
Venez, jettez les yeux sur cet Empire immense,
Voyez-y ce Monarque ; il tient par sa clémence.

(10) Lors du massacre de la Saint Barthélemi, Henri IV, Roi de
Navarre, ne pouvoit point espérer de monter sur le trône de la France.

Tous les cœurs de son Peuple enchaînés sous ses loix :
L'orgueil fait les Tyrans, la bonté fait les Rois.

La bonté des Bourbons n'est point cette foiblesse
Qui, fille de la crainte, & sœur de la molesse,
Céde par indolence, où fuit par lâcheté,
Et qu'on brave toujours avec impunité.
C'est cette fermeté, c'est cette audace heureuse,
Qui, quelquefois severe, & toujours généreuse,
Soulage d'une main les maux que l'autre a faits ;
Qui ne sait se venger qu'à force de bienfaits ;
Qui, lorsque sa victime à ses coups s'abandonne,
Au lieu de l'écraser, s'attendrit & pardonne.
O France, c'est ainsi que, te voyant périr,
Henri par sa clémence a sçu te conquérir.
Ainsi, lâche Biron, à ta perfide audace (11)
Ce Prince, qui t'aimoit, offrit cent fois la grace ;
Mais ton orgueil força ce Roi désespéré
A te rendre au tombeau dont il t'avoit tiré.

O toi, dont la sagesse éternelle & profonde
Fait rentrer au néant les Puissances du monde,
Auguste Protecteur des Peuples & des Rois,
Grand Dieu, du haut des cieux entends ma foible voix :
Par ma bouche aujourd'hui tout un Peuple t'implore :
Daigne abaisser les yeux sur un Roi qui t'adore :
Si tu prévois qu'un jour un sujet inhumain
Dans un sang aussi cher ose tremper sa main,

(11) Biron conspira contre Henri IV, qui lui avoit sauvé la vie
à Fontaine-Françoise, & fut condamné à être décapité, malgré le
Roi qui vouloit lui pardonner. On sçait combien les descendans de
cette illustre Maison ont réparé son crime, tant par les services
qu'ils ont rendus à la France, que par l'attachement qu'ils ont toujours eu depuis pour leurs Rois.

Que ce monstre, étouffé dans le sein de sa mere,
Jamais de ses regards ne souille la lumiere ;
Qu'il soit, s'il voit le jour, livré dans ce moment,
Avant d'être coupable, au plus affreux tourment :
Que son corps, déchiré par ta main vengereſſe,
Renaiſſe à chaque inſtant, pour expirer ſans ceſſe :
Et qu'enfin ſur la terre il ſoit l'opprobre affreux
Des plus vils ſcélérats de nos derniers neveux !

Cher Prince, cher amant, la mort la plus barbare,
Quand l'amour nous unit, pour jamais nous ſépare…
Pour jamais… juſte ciel, je ne te verrai plus !
Suſpendez un moment vos Decrets abſolus :
Inflexible Deſtin, puiſſant Dieu que j'implore,
Permettez à mes yeux de le revoir encore.

Alors qu'un ſoin preſſant t'arracha de ce lieu,
Je ne crus point te dire un éternel adieu.
Hélas ! nos cœurs, ſéduits d'une vaine apparence,
S'abandonnoient ſans crainte à la douce eſpérance
De nous revoir bien-tôt réunis par l'amour :
Nous ſupportions l'abſence en faveur du retour.
Ah ! ſi de l'avenir mon ſonge eſt le préſage,
Si des maux que je crains il m'offre ainſi l'image,
Oui, dans ce même inſtant, qui me glace d'effroi,
Du nombre des vivans, mon Dieu, retranchez-moi :
Mais, ſi ce ſonge affreux n'eſt qu'un ſonge ordinaire,
D'un eſprit effrayé fantôme imaginaire,
Qui, né dans le ſommeil, ſe diſſipe avec lui,
O Mort, ſuſpends tes coups, & permets aujourd'hui
Que, funeſte témoin de ces triſtes orages
Qui long-tems des François ont troublé les rivages,
Je le ſois des beaux jours qui vont briller ſur eux.
Cher amant, ſi le ciel daigne exaucer mes vœux,

Si j'en crois aifément ce que mon cœur m'infpire,
Tranquille poffeffeur du plus heureux Empire,
Bientôt tu vas, bravant le fort & les revers,
Adoré de ton Peuple, & craint de l'Univers,
Terraffer, fous tes pieds, la Ligue frémiffante.
La France, par tes foins paifible & floriffante,
Verra, fur les deux mers, flotter fes pavillons.
Les épics orgueilleux vont couvrir nos fillons :
Les Arts vont déployer leur fublime génie :
Les Mufes, jufqu'aux cieux, vont porter l'harmonie :
Et l'Europe, admirant ton régne & tes vertus,
Verra revivre en toi Jule, Augufte & Titus.
Peut-être, par fes chants, verrons-nous un Orphée
Elever à ta gloire un fuperbe trophée ;
Et Paris, étonné de fa vafte grandeur,
Pourra, de Rome un jour, égaler la fplendeur.
Qu'en te voyant heureux, j'expirerois contente !
Mais le ciel prend plaifir à tromper mon attente.
Puiffe ce Dieu fuprême, Arbitre de nos jours,
A tes heureux deftins accorder un long cours,
Verfer fur tes Etats tous fes bienfaits enfemble,
Et donner à nos fils un Roi qui te reffemble !

Mais ç'en eft fait : la force abandonne mes fens :
Je fuccombe, ô mon Dieu, fous les maux que je fens.
Adieu : ma plume échappe, & la mort, qui m'appelle,
S'apprête à m'enfermer fous la tombe éternelle.
Adieu : que mon trépas n'excite point tes pleurs,
Henri, mon cher Henri, je t'embraffe, & je meurs.

F I N.